Bella Figura

Du même auteur

Conversations après un enterrement
La Traversée de l'hiver
L'Homme du hasard
« Art »
Hammerklavier
Une désolation
Le Pique-Nique de Lulu Kreutz
Trois versions de la vie
Adam Haberberg (deuxième édition :
Hommes qui ne savent pas être aimés)
Une pièce espagnole
Nulle part
Dans la luge d'Arthur Schopenhauer
L'aube le soir ou la nuit
Le dieu du carnage
Comment vous racontez la partie
Heureux les heureux

Yasmina Reza

Bella Figura

Flammarion

ISBN : 978-2-0813-6432-5

à François Zimeray

ANDREA
BORIS AMETTE
FRANÇOISE HIRT
ÉRIC BLUM
YVONNE BLUM *(mère d'Éric)*

(Les quatre premiers, entre quarante et quarante-cinq ans)

Sont peu indiqués dans le texte les indispensables pauses, silences et flottements.

Ce qui importe sont tous ces contretemps.

1.

Soir de printemps. Il fait encore jour.

Le parking d'un restaurant (qu'on ne voit pas).

Un homme debout.

Une voiture, portière ouverte côté passager.
Les jambes d'une femme dépassent dehors.
Elle allume une cigarette.

Il peut se passer un temps avant que l'homme parle.

BORIS … Ou alors on prend une chambre à l'Ibis et je vais directement te sauter… Je préférerais !

ANDREA À l'Ibis… !

BORIS Ou n'importe où !… *(un temps)*… Si tu pouvais ne pas fumer dans la voiture, ce serait mieux.

Andrea aspire la fumée et la souffle dans la voiture, derrière, devant, en s'appliquant.

BORIS Bon, qu'est-ce qu'on fait ?

ANDREA Je m'en fous…

BORIS On reste ? On s'en va ? Qu'est-ce qu'on fait Andrea ?

ANDREA Réponds : tu trouves normal de m'emmener dans un restaurant conseillé par ta femme ?

BORIS Elle ne l'a pas *conseillé,* elle a dit que c'était bon, et agréable.

ANDREA C'est pareil.

BORIS Non… !

ANDREA *(elle sort mollement de la voiture)* Et tu étais censé y aller avec qui ?

BORIS Avec personne en particulier. Avec des clients.

ANDREA Tu as demandé à ta femme de t'indiquer un endroit sachant que tu irais avec moi.

BORIS Je n'ai pas demandé. On en a parlé. Où est le mal ?

ANDREA Si tu m'offrais un foulard, tu lui demanderais dans quelle boutique tu dois l'acheter ?

BORIS Ça n'a rien à voir.

ANDREA C'est exactement la même chose.

BORIS Andrea, je fais l'effort de t'emmener au restaurant…

ANDREA Tu fais l'effort ?…

BORIS Ce n'est pas ce que je veux dire…

ANDREA Tu fais l'*effort* de m'emmener au restaurant ? !

BORIS Je fais l'effort, oui, l'effort point de vue temps. Tu me reproches de ne plus te voir que dans un cadre érotique ou au mieux de te caser dans un déjeuner avec un timing, j'ai entendu ce reproche, j'ai dégagé un dîner dans un contexte qui est très difficile pour moi en ce moment, et qui m'oblige à certaines contorsions…

ANDREA On me fait l'aumône d'un dîner, je suis trop ingrate !

BORIS Je ne te demande pas de me remercier, juste d'être un peu contente…

ANDREA Je suis folle de joie.

BORIS On va ailleurs ? Tu veux aller où ?…

ANDREA Tu ne comprends pas que le simple fait que ta femme soit mêlée à un événement qui ne regarde que toi et moi, que son appréciation puisse influer sur un plaisir que nous sommes supposés partager seuls, me soit désagréable ?

BORIS Je le comprends, je le comprends, mais tout ça est exagéré.

ANDREA Et comment elle le connaît ce restaurant ? Elle y va avec son amant ?

BORIS Amusant.

ANDREA Elle sait que tu es là ce soir ?

BORIS Non.

ANDREA Tu as dit que tu faisais quoi ce soir ?

BORIS Arrête de fumer.

ANDREA Pourquoi ?

BORIS Tu fumes trop.

ANDREA J'aime bien que tu t'en inquiètes. Si ça se trouve, je fume trop pour que tu t'en inquiètes.

BORIS C'est le cas.

ANDREA Il se pourrait que je fasse tout à l'excès pour que quelqu'un s'en inquiète.

BORIS Je m'en inquiète.

ANDREA Pas pour de vrai.

BORIS Si.

ANDREA Non.

BORIS Andrea. Qu'est-ce qu'on fait ? Regarde, on est bien ici. C'est beau, il y a des arbres. On va dîner sur une jolie terrasse. Essayons de rire, on rit tous les deux normalement, non ?

ANDREA Tu la trouves bien ma jupe ?

BORIS Extra.

ANDREA Elle est trop courte ?

BORIS Non.

ANDREA Ma fille la trouve trop courte.

BORIS Elle n'y connaît rien. Les enfants n'ont aucun goût.

ANDREA Elle veut que j'aie l'air d'une dame.

BORIS Tu as de la marge. Embrasse-moi.

ANDREA Non.

BORIS Embrasse-moi. *(il l'attrape ; ils s'embrassent plus ou moins)*

ANDREA Je me faisais une joie de cette soirée.

BORIS Moi aussi.

ANDREA Ce n'est pas moi qui la gâche. Tu lui as dit que tu faisais quoi ce soir ?...

BORIS On est obligés d'avoir cette conversation ?

ANDREA Tu lui as dit quoi ?

BORIS Rien.

ANDREA Elle ne te demande pas où tu vas ?

BORIS Elle est à Valenciennes.

ANDREA Elle est à Valenciennes ! Évidemment. Je suis bête.

BORIS Tu m'épuises.

ANDREA Tout est si prévisible.

BORIS Je ne suis pas en état de subir ce genre de conneries.

ANDREA Donc on a toute la nuit ?

BORIS Non.

ANDREA Ah bon ? Pourquoi ? Si ta femme est à Valenciennes pourquoi on n'a pas toute la nuit ?

BORIS Parce que ce n'est pas comme ça. Tu le sais bien.

ANDREA Ah bon ? Pourquoi ce n'est pas comme ça ?

BORIS Parce que je ne suis pas un homme libre, je suis un homme coincé par sa famille, ses obligations. D'où te vient ce don de foutre en l'air les meilleurs moments ? !

ANDREA Je suis attaquée par les moustiques !

BORIS Il y a un pschitt dans la boîte à gants.

Andrea prend le spray dans la voiture. Elle s'asperge.

BORIS Pulvérise-moi aussi.

Elle le pulvérise, vise le visage et…

BORIS Tu es dingue !… Tu m'as aveuglé Andrea !

ANDREA Mais non… Tu sais que j'ai passé une nuit avec un de mes collègues de la pharmacie ?

BORIS Ah bon ?…

ANDREA Il se pourrait que je développe une addiction au sexe. En remplacement du Paralazol codéiné.

BORIS Paralazol codéiné ? C'est nouveau ?

ANDREA Ça me booste.

BORIS Tu as décidé de me détruire ce soir.

ANDREA J'aimerais avoir ce pouvoir.

BORIS D'où il sort ce collègue ?

ANDREA C'est un collègue.

BORIS Et comment se fait-il que tu te retrouves dans son lit ?

ANDREA J'aime bien la formulation.

BORIS J'ai besoin de ça ce soir.

ANDREA Tu aurais préféré ne pas le savoir ?

BORIS Il a quel âge ?

ANDREA Vingt-six ans…

BORIS Vingt-six !… Et tu comptes… tu comptes reproduire…

ANDREA Qui sait ?

BORIS Je suis censé réagir comment ? Être un garçon moderne et applaudir votre émancipation dégueulasse ?…

ANDREA Boris !… Enfin un mot gentil !…

BORIS Tu m'as bousillé l'œil.

ANDREA Fais voir… Il est un peu rouge… J'ai un collyre dans mon sac…

BORIS Non, non, laisse-moi… Vingt-six ans. Il aime les vieilles ?

ANDREA C'est possible.

BORIS C'est pour lui cette jupe de roulure ?

ANDREA Tu as dit que tu aimais.

BORIS Je suis tellement fatigué.

ANDREA Ça fait pute ?

BORIS Un peu.

ANDREA Bon, on y va dans ce resto ?... On passe la soirée sur le parking ou on va dîner ?

BORIS Je n'ai plus faim.

Andrea va dans la voiture et met la radio.
Elle change plusieurs fois de stations, jusqu'à ce qu'elle tombe sur un morceau genre Under My Thumb *des Stones. Elle ressort.*

Elle chante par-dessus et danse mollement en se remaquillant.

Boris la rejoint et ferme la radio.

BORIS Bon. Si tu veux savoir Andrea, j'ai de gros problèmes.

ANDREA Tu prends une tête !

BORIS Il n'y a pas matière à rire.

ANDREA Je ne sais pas pourquoi vous prenez cette tête les hommes. Vous pouvez dire des choses sérieuses sans vous défigurer.

BORIS Je suis au bord du dépôt de bilan.

ANDREA Je pensais que ton entreprise marchait bien…

BORIS La miroiterie marchait. Mais j'ai voulu me diversifier, je me suis lancé dans la véranda.

ANDREA Il ne sert à rien ce spray…

BORIS Tu t'en fous de ce que je dis ?

ANDREA Non, pas du tout, mais je suis dévorée… Tu t'es lancé dans la véranda ?

BORIS C'est porteur, c'est innovant. Tu peux faire du très haut de gamme. J'ai engagé une partie de mon patrimoine personnel dans un crédit investisseur – j'ai fait des vérandas époustouflantes – et la mairie est venue dire à mes clients qu'elles n'étaient pas conformes.

ANDREA Pourquoi ?

BORIS Parce qu'on a fait l'impasse sur des formalités. Parce qu'il y a un truc qui s'appelle le coefficient d'occupation des sols que j'ai pris un peu trop par-dessus la jambe. Pour schématiser.

ANDREA Qu'est-ce que tu vas faire ?

BORIS Tout démonter.

ANDREA Vraiment ?

BORIS Deux clients m'ont mis dans la cause. Je risque la liquidation.

ANDREA C'est affreux…

BORIS Et si je suis appelé en comblement de passif, c'est la guillotine.

ANDREA Est-ce que tu ne vois pas un peu trop les choses en noir ?

BORIS J'aimerais.

ANDREA Je ne savais pas que tu faisais des vérandas.

BORIS Avec parois et toit escamotables, un vitrage isolant révolutionnaire…

ANDREA Mon pauvre amour.

BORIS Oui… Tu comprends pourquoi je n'ai pas besoin du mec de la pharmacie en plus.

ANDREA Patricia est au courant ?

BORIS Évidemment.

ANDREA Elle dit quoi ?

BORIS Elle m'incite à être combatif. C'est une battante.

ANDREA C'est chouette.

BORIS Ouais…

ANDREA Tu sais ce que je pense ? Que je t'ai rapproché de ta femme.

BORIS C'est quoi cette nouvelle ineptie ?

ANDREA J'ai consolidé votre couple.

BORIS Comment peux-tu être à ce point autocentrée Andrea ? Je me fous à poil et c'est ça ta réaction ?

ANDREA J'ai enduré beaucoup de choses, mais le petit couple uni dans l'adversité ça va être trop pour moi.

BORIS On rentre. J'ai envie d'être seul subitement.

Il entre dans la voiture.

ANDREA Pourquoi tu me racontes tout ça ?

BORIS Parce que j'ai cru, bêtement, que tu pouvais t'y intéresser.

ANDREA À quel titre ? À titre amical ?...

BORIS Le sujet est clos. Tu montes ?...

ANDREA Elle ne t'en veut pas ?

BORIS Tu montes Andrea ? !...

ANDREA Je t'en voudrais à sa place.

BORIS Tu n'es pas à sa place. Je te laisse ici si tu veux.

Andrea finit par monter mollement dans la voiture.
Il se couche à moitié sur elle pour fermer sa portière, claque la sienne et démarre dans une brusque marche arrière.
Un cri de femme, suivi d'autres exclamations...

ÉRIC Maman !

YVONNE Il m'a écrasée !...

FRANÇOISE Yvonne, ça va ? !

ÉRIC Ça va maman ?

En reculant, Boris a renversé Yvonne.
Andrea et Boris sortent précipitamment de la voiture.

BORIS Françoise ? !

FRANÇOISE Tu viens d'écraser ma bellemère !

Yvonne gît sur le sol, immobile.

BORIS Madame je suis désolé, je n'ai pas... Vous avez mal ?

ÉRIC Tu as mal ?...

FRANÇOISE Yvonne ?

ÉRIC Dis quelque chose maman !...

BORIS Vous pouvez vous relever ?

ANDREA Laisse-moi faire...

FRANÇOISE Vous êtes médecin ?

ANDREA Pharmacienne.

YVONNE *(elle la regarde avec ravissement)* Où est mon sac ?

BORIS Il est là. *(il le ramasse et le donne à Françoise)*

YVONNE C'est mon anniversaire.

FRANÇOISE C'est son anniversaire la pauvre.

ANDREA … Doucement…

ÉRIC Doucement maman…

Andrea et Éric arrivent à relever Yvonne qui s'est accrochée à leurs épaules.

ANDREA Vous n'avez mal nulle part ?

YVONNE Nulle part. *(elle fait quelques pas sans aide)*

BORIS Merci mon dieu !… Merci !

ÉRIC Ne vous mettez pas dans cet état. Elle n'a rien. On s'est déjà rencontrés… À l'Airshow du Fanet ?

FRANÇOISE Boris. Le mari de Patricia.

BORIS Au meeting aérien du Fanet. Boris Amette. Désolé encore.

ÉRIC Éric Blum. Depuis le temps qu'on essaie d'organiser un vrai dîner !

YVONNE *(à Andrea)* Pharmacienne… J'adore les pharmaciens. Je suis la meilleure cliente des pharmaciens. Mon sac ?… *(elle le reprend)*

ÉRIC Vous partiez ou vous arriviez ?

BORIS On partait.

ÉRIC La manœuvre n'était pas très claire *(il rit).* Vous avez déjà dîné ?

BORIS Non, mais nous devons repartir.

ÉRIC Oh dommage !… Un petit verre au moins ? Pas longtemps.

BORIS Non, malheureusement…

ANDREA Mais si ! Pas longtemps Boris.

ÉRIC On ne va pas se quitter comme ça. Une petite coupe pour fêter l'anniversaire de ma mère que vous avez épargnée.

ANDREA *(elle tend la main à Françoise)* Andrea.

FRANÇOISE Françoise.

BORIS Françoise est une amie de Patricia.

FRANÇOISE Amie de longue date.

ANDREA Ravie.

Ils se dirigent tous vers le restaurant.
Boris à contrecœur et marquant discrètement sa désapprobation à Andrea…

2.

Tous les cinq. Assis, quelque part en terrasse, autour d'une table basse.
Yvonne à moitié disparue dans un canapé profond.
Une bouteille de champagne dans un seau et des coupes.

FRANÇOISE L'autre jour, je me suis souvenue que mon père, quand je commençais à aller dehors toute seule, m'avait appris à ne pas courir en traversant. Il me demandait, quand tu traverses la rue, qu'est-ce que tu dois faire ? Je répondais, je ne cours pas papa, je traverse en marchant normalement. Et mon père disait, tu ne cours surtout pas, et pourquoi ? Je répondais, parce que si je cours les voitures pensent qu'elles ne doivent pas ralentir, il disait, excellent, je disais, et si je trébuche ou si je tombe, je me fais écraser. Et il me disait, bravo, c'est très bien Françoise.

ÉRIC *(à Yvonne)* Prends des leçons.

YVONNE Je ne courais pas !

ANDREA Ça me donne envie de pleurer votre histoire. On devrait avoir toute la vie quelqu'un qui nous protège, et qui se préoccupe de nous.

ÉRIC Quand on veut le faire, ça vous énerve. Ça va maman ? Tu es bien ? Tu es confortable ?

YVONNE Très confortable. Mais il faudra me hisser pour me relever. Où est mon sac ?

ÉRIC Il est là. On le surveille.

YVONNE Quand j'étais enfant, il y avait déjà les Roms. On les appelait les Romanichels. Les bonnes disaient, si tu n'es pas sage, les Romanichels vont t'emmener. Ce sont de pauvres diables, si j'étais dans la même situation, peut-être que je volerais…

ÉRIC Ma mère s'est fait voler son porte-monnaie…

YVONNE Je me suis fait voler mon porte-monnaie par un faux unijambiste. J'avais un sac cartable mou avec un rabat…

ÉRIC Maman…

YVONNE Un modèle idiot. Si ton père avait engrossé une Rom, tu serais dans une roulotte avec ton frère qui jouerait du violon derrière…

FRANÇOISE *(elle lève sa coupe)* Bon anniversaire Yvonne !

LES AUTRES Bon anniversaire !..

Ils trinquent.

ÉRIC *(à Andrea)* Vous ne buvez pas ? Il faut boire quand on a trinqué.

ANDREA Je ne bois pas d'alcool… Enfin pas en ce moment… Pour dire la vérité, je suis dans une période de diète… Je ne suis pas très douée pour la modération.

FRANÇOISE *(elle a fait signe à un serveur)* Vous voulez autre chose ? Un soda ?

ANDREA Merci. Un verre d'eau peut-être.

ÉRIC Est-ce que vous savez pourquoi on trinque ?… Parce que, dans un temps où rien ne se faisait avec modération, les gens réglaient leurs problèmes en s'empoisonnant. Donc, par précaution, quand un type t'invitait et te servait du vin, tu cognais ton gobelet contre le sien – à l'époque c'était du métal – en espérant que des gouttes virevoltent et passent de l'un à l'autre. Ensuite, vous vous regardiez dans les yeux et tu attendais qu'il boive avant toi.

BORIS C'est ce genre d'époque qu'il me faudrait.

FRANÇOISE *(à Boris)* Comment vont les enfants ? Patricia m'a dit que Paloma a été admise à l'Académie vocale d'Aquitaine ?

BORIS Oui.

FRANÇOISE C'est formidable. Et Julien ?

BORIS Julien, c'est un touriste. Très gentil. Ne fiche rien.

Andrea a reçu son verre d'eau et a négligemment jeté un comprimé effervescent dedans.

FRANÇOISE Laissez-lui le temps. Il est petit encore. Le week-end dernier, Éric m'a entraînée – moi qui ne fais jamais aucune sortie scolaire – au cap Ferret avec tous les enfants, les miens, les siens plus copains, plus le nouvel enfant, qui est infernal, de mon ex-mari, visiter l'expo du Phare. En fin de journée, j'étais à deux doigts de me jeter d'en haut.

ÉRIC On a rigolé, c'était sympa. Moi vous me filez des gosses, je suis content.

ANDREA Vous êtes mariés depuis combien de temps ?

FRANÇOISE Deux ans et demi. Mais pas mariés.

ÉRIC Je la teste encore. Le Phare : perte de points.

FRANÇOISE Vous avez des enfants… pardon, je ne me souviens plus de votre prénom ?

ANDREA Andrea…

FRANÇOISE Andrea !

ANDREA Une petite fille. De neuf ans.

YVONNE Qui s'appelle comment ?

ANDREA Sophie.

YVONNE Ça revient Sophie. Qu'est-ce que vous buvez ?

ANDREA Du Paralazol codéiné.

YVONNE Je connais.

ÉRIC Vous avez mal à la tête ?

YVONNE Madame la pharmacienne…

ANDREA Andrea… Je me suis vantée d'être pharmacienne mais je suis préparatrice en pharmacie. Je suis une employée.

YVONNE Des idiots me disent que j'aurais dû arrêter l'XTralan après ma lombalgie, j'ai eu une lombalgie aiguë, mais moi j'ai remarqué que ça me vivifiait ce remède, donc j'ai conservé un comprimé par jour. Je peux, non ? J'adore mon petit XTralan le matin.

ANDREA Vous pouvez. Il y a un peu de morphine dedans.

ÉRIC Elle ne va pas prendre de la morphine tous les jours ?

ANDREA Un comprimé ça ne la tuera pas.

YVONNE Et ça m'aide pour mon arthrose.

ÉRIC Elle est où votre pharmacie ?

ANDREA Je travaille à Fréjean.

YVONNE Oh c'est loin ça…

BORIS Je crois que nous allons bientôt vous abandonner…

ÉRIC Cinq minutes !

FRANÇOISE *(discrètement, avec prudence car elle ignore si Andrea est au courant)* Ça s'arrange ton… ?

BORIS Ça suit son cours.

FRANÇOISE *(idem)* Éric est au courant… Patricia m'a autorisée… Il peut te dire une ou deux petites choses si tu as envie…

ÉRIC Il n'a pas besoin de moi…

FRANÇOISE Tu es directeur juridique, c'est ton domaine…

ÉRIC Je n'ai aucun conseil à donner Françoise… *(à Boris)* Ne vous sentez pas… On se dit « tu », non ? Ce serait plus simple.

BORIS Oui, « tu », bien sûr.

YVONNE Je veux bien qu'on me resserve. Je ne peux faire aucun mouvement du trou où je suis.

ÉRIC *(il remplit la coupe de champagne qu'elle tend et la lui redonne)* Tu veux des olives ?

YVONNE Non. Je suis nimbée de moustiques.

FRANÇOISE Moi aussi. Qu'est-ce qu'il se passe ce soir ?

ANDREA J'ai un spray.

YVONNE Vous seriez aimable de me vaporiser ?

Andrea vaporise Yvonne abondamment.
Elle se revaporise elle-même. Elle vaporise aussi le

sac d'Yvonne. Yvonne est enchantée. Elles rient. Andrea est prête à attaquer n'importe qui avec sa bombe…
Tout le monde semble s'amuser.

ÉRIC Tu es encore en vie maman ?

YVONNE J'ai peur du moustique tigre.

BORIS Éric, vous connaissez… tu connais quelqu'un au tribunal de commerce ?

ÉRIC Laisse-moi réfléchir… Je ne crois pas.

BORIS Il faudrait que je gagne du temps pour éviter de déposer.

ÉRIC Ton passif, il est exigible ?… En trésorerie ça passe ?

BORIS Je ne me paye plus depuis trois mois et j'ai une échéance qui tombe le vingt-six. Ça ne passera pas.

ÉRIC Donc tu déposes ton bilan maintenant. Mais je ne te conseille pas d'y aller toi-même.

En droit, tu pourrais, mais tu vas mettre de l'affect et ça les agace.

YVONNE Comment on le reconnaît ce tigre ? Il paraît qu'il est plus petit que les autres…

ÉRIC Tu permets maman ?… Trouve un mandataire, il y en a de bons, renseigne-toi. Tu prends contact *avant* la procédure.

YVONNE Le temps de chercher vos lunettes, il vous a piqué et vous avez la dengue.

FRANÇOISE *(en confidence)* Une seconde Yvonne, c'est important.

ÉRIC Il en faut un qui ait l'oreille du juge-commissaire, c'est lui qui s'arrange pour se faire nommer, tu n'as rien à faire. La clé c'est le juge-commissaire. Il va te demander un plan de redressement. Montre que tu peux t'en sortir sans les terrasses…

BORIS Les vérandas…

ÉRIC Les vérandas bien sûr. J'ai un cousin qui a défiguré toute la Bretagne avec des vérandas…

FRANÇOISE Éric…

ÉRIC Non, c'est juste… ça n'a rien à voir !… Une diversification, ça fait peur, ça ne les rassure pas. N'attends pas d'être convoqué, prends les devants avec un plan solide. Ni astuce, ni montage. Fais-en une affaire de confiance.

BORIS J'ai peur de la liquidation.

ÉRIC Aucune raison. Au vu de ce que je sais, tu n'as aucune raison de partir en liquidation : plan de redressement, abandon de la branche d'activité déficitaire, recentrage sur ton *core business* et sortie par le haut.

BORIS Espérons.

ÉRIC C'est une péripétie.

FRANÇOISE N'exagère pas Éric…

ÉRIC Une péripétie. Ça court les rues, ce genre d'affaires. Maman, tu ne veux pas t'asseoir dans un fauteuil, tu disparais complètement dans ce sofa…

Yvonne est à moitié couchée, il la redresse.

YVONNE Je suis très confortable.

ANDREA Bon alors cette histoire n'est pas si grave. Ouf !

BORIS On n'en sait rien encore…

ANDREA J'étais certaine que tu voyais les choses trop en noir…

BORIS On verra.

ANDREA Vous aimez noircir le tableau les hommes…

ÉRIC Ah non, pas moi. Je regrette. Je vais vous faire rigoler mais je crois qu'on a le devoir – moral, j'ose – de jouir de tout. Y compris d'impedimenta imprévus.

FRANÇOISE *(à Yvonne qui verse)* Yvonne… Elle le fait exprès !…

Yvonne et Andrea rient.

ANDREA Ce matin, au rayon literie des Galeries, j'ai vu un couple s'allonger sur un matelas Bultex... Tout près l'un de l'autre comme s'ils allaient s'endormir... Au début, la vendeuse est restée debout... Puis, comme ça durait, elle s'est assise sur le lit d'à côté. À même pas un mètre du couple. Les mains sur les genoux... *(subitement, à Boris)* Qu'est-ce qui ne va pas ? Tu avais juré de ne plus faire ce geste ! Tu avais juré !

BORIS Quel geste ?

Andrea mime le geste que Boris vient de faire ; un signe de modération, un apaisement discret de la main, doigts resserrés, paume vers le sol.
Elle le mime avec exagération et furie.

ANDREA Ce geste peut me pousser au meurtre.

BORIS Andrea, calme-toi, il n'y a pas eu de geste, tu te trompes...

ANDREA Si !

BORIS Tu as mal interprété...

ANDREA Je n'ai rien bu. Je n'ai pas parlé fort. Je n'ai pas ri à gorge déployée...

BORIS Tu peux rire à gorge déployée…

ANDREA Non ! Je n'ai pas le droit de rire à gorge déployée, mais ce soir je ne l'ai pas fait.

BORIS Tu es fêlée.

ANDREA Sûrement.

FRANÇOISE Excusez-moi, mais tout ça est extrêmement gênant.

ÉRIC Françoise…

FRANÇOISE Laisse-moi parler. Extrêmement gênant. Et pour moi en particulier. Je ne sais pas qui vous êtes madame, je n'ai pas bien compris qui vous étiez, mais cette scène me met très mal à l'aise.

ÉRIC N'en rajoute pas Chouchi.

FRANÇOISE Je suis l'amie de Patricia.

BORIS *(il se lève)* On n'aurait pas dû accepter ce verre. On ne devrait pas être ici… Rien n'est cohérent… *(il a pris le bras d'Andrea pour l'entraîner)* Pardon…

ANDREA Pardon…

ÉRIC *(debout aussi)* Attendez… Tout va trop vite…

YVONNE Je ne comprends pas ce qui se passe.

ÉRIC Essayons de ne pas… Essayons de ne pas surréagir…

FRANÇOISE S'il te plaît.

ÉRIC Peut-être que tu vois des choses qui n'existent pas ? Est-ce que nous voyons des choses qui n'existent pas ?

FRANÇOISE Nous voyons des choses qui existent.

BORIS Tu n'es pas obligée d'afficher une telle raideur Françoise. Tu n'es pas obligée d'adopter cette position amidonnée comme si tu avais une minerve. Et je voudrais bien savoir ce que tu vois d'ailleurs. C'est quoi, des choses qui existent ? Dis ce que tu vois. Dis-le.

FRANÇOISE *(après un silence)* Éric, tu peux m'aider ?…

ÉRIC Chouchi, je trouve difficile de me mêler d'une situation qui ne me regarde pas…

FRANÇOISE C'est l'anniversaire de ta mère. On est là pour fêter un anniversaire…

ÉRIC Oui… Ce n'est pas non plus comme si maman avait cinq ans et demi.

YVONNE Je ne comprends rien du tout.

FRANÇOISE Pendant que Patricia s'emmerde à Valenciennes…

BORIS Vas-y.

FRANÇOISE … Je ne comprends pas que tu m'imposes ce… Tu aurais pu avoir la délicatesse de t'éclipser…

ANDREA C'est moi qui ai voulu rester…

BORIS J'avais renversé Yvonne.

ÉRIC Délit de fuite, très mauvais.

FRANÇOISE Arrête Éric. C'est épuisant ces blagues à tout bout de champ.

ÉRIC Tu dramatises les choses d'une telle façon.

FRANÇOISE Je demande juste un petit peu de compréhension. Pas grand-chose. Un petit peu de compréhension.

ANDREA *(murmurant)* Je dois aller aux toilettes Boris… *(aux autres)* Excusez-moi, je dois aller aux toilettes une seconde…

ÉRIC Vous savez où c'est ? À droite, et juste à gauche en bas…

BORIS *(avec tendresse)* Je t'accompagne ?

ANDREA *(idem)* Non, non… Excusez-moi…

Andrea part aux toilettes.

FRANÇOISE Qui est-ce ?

ÉRIC Françoise…

FRANÇOISE Je n'ai pas le droit de demander ?

YVONNE Elle est rigolote comme tout.

FRANÇOISE Dis à ta mère de faire un effort.

YVONNE On ne m'explique rien !… Et adresse-toi directement à moi Françoise quand tu as des choses à me dire. Je n'ai pas d'ordres à recevoir. Encore moins de mon fils. Mon sac ne ferme plus.

ÉRIC Mais si maman…

Éric lutte un peu avec le fermoir.

BORIS On disparaît dès qu'elle revient.

Flottement.

FRANÇOISE Je ne pourrai pas ne pas en parler à Patricia.

ÉRIC Je ne sais pas ce que tu as ce soir.

FRANÇOISE Si elle était témoin d'une chose identique te concernant, je voudrais absolument qu'elle me le dise.

ÉRIC Mais de quoi ? Tu es témoin de quoi ?

FRANÇOISE Je ne suis témoin de rien Boris ?… Ose me le dire.

BORIS Fais ce que tu veux Françoise, ça m'est égal. Nous sommes à des années-lumière… Au revoir Éric. Merci pour les conseils… Au revoir Madame…

YVONNE Au revoir…

BORIS Encore désolé pour tout à l'heure…

Il part dans la même direction qu'Andrea précédemment.
Flottement.

FRANÇOISE Je me sens tellement seule. Seule. Seule.

ÉRIC Chouchi…

FRANÇOISE Quand je te dis aide-moi, tu n'entends pas ce que je dis ?

ÉRIC J'entends.

FRANÇOISE Pourquoi tu ne voles pas à mon secours, tête baissée ?

ÉRIC Tu as pris un ton, tu aurais pu dire les mêmes choses avec un ton plus…

FRANÇOISE On s'en fout de mon ton. Quand je te demande de m'aider, tu m'aides. Que j'aie raison ou tort.

Flottement.

ÉRIC Tu vas prendre des huîtres maman ?

YVONNE Ton père mangeait en faisant des bruits de mandibules – il faut dire qu'il avait été élevé dans un clapier le pauvre – un jour, j'ai eu le malheur de lui faire un petit signe en société. Il a cru que tout le monde l'avait vu, il était démonté… Les gens n'aiment pas être humiliés en société…

3.

Les toilettes des femmes du restaurant. On voit également le couloir qui y mène.

Lavabo, miroir. Et une porte close.
Boris frappe.

BORIS Andrea ?… Andrea ? À qui tu parles ?… Ouvre la porte…

Au bout d'un moment Andrea ouvre la porte de la cabine.
Elle est assise sur la cuvette, un téléphone portable dans la main. À ses pieds, un verre vide.

BORIS Tu parlais à qui ?

ANDREA Tu sais à quoi je repense ? La première fois, il y a quatre ans, quand je me suis déshabillée, tu as remarqué que je portais mon soutien-gorge et mon slip très serrés. Tu as remarqué les marques sur ma peau, tu m'as dit, pourquoi vous portez des choses qui vous lacèrent ? J'ai dit, je suis habituée, c'est comme ça… Tu t'en souviens ?

BORIS Très bien.

ANDREA Je n'avais pas l'idée de mettre des sous-vêtements qui ne serraient pas.

BORIS Viens, on s'en va. C'est quoi ce verre ?

ANDREA Un verre.

BORIS Qu'est-ce que tu fous aux chiottes avec un verre ?

ANDREA J'ai bu un verre d'eau.

BORIS Avec quoi ?… Tu as pris quoi Andrea ?… *(il renifle le verre)* Tu prends combien de saloperies par jour ?

ANDREA Qu'est-ce que tu connais ?… De temps en temps j'aimerais être très riche et très laide. Je boufferais tout le temps, je recommencerais avec le gin, je vivrais à Honolulu, je ferais tout à fond.

BORIS À qui tu parlais ?

ANDREA À mon nouvel amant.

BORIS Je suis à deux doigts de te foutre un aller-retour.

ANDREA *(elle allume une cigarette)* Il est gentil cet Éric. Je l'ai trouvé gentil.

BORIS Il serait pas mal lui aussi pour toi. Peut-être un peu vieux ?… Tu ne peux pas fumer ici.

ANDREA On va m'engueuler ?… On n'est pas dans un avion.

BORIS Viens… On ne va pas s'éterniser ici.

ANDREA Tu as vraiment failli écraser sa mère !…

BORIS Oui…

Ils rient tous les deux.

ANDREA Quand je l'ai vue gisant sur le sol, à un moment j'ai cru qu'elle était morte.

BORIS Moi aussi.

Après un temps,

ANDREA Je suis contente qu'il t'ait rassuré sur ton affaire.

BORIS Il ne sait rien… Il me fait un cours de compta… Personne ne sait rien… *(il se voit dans la glace)* J'ai vraiment une sale gueule. Regarde ces poches, ces sillons… Eli Wallach au soir de sa vie.

ANDREA Qui est-ce ?

BORIS Tu ne connais pas Eli Wallach ? Le mec qui danse avec Marilyn Monroe dans les *Misfits*. À l'époque il était normal.

ANDREA Je te trouve plus beau qu'il y a quatre ans.

BORIS Tu es détraquée.

ANDREA C'est vrai.

BORIS Gravement détraquée.

ANDREA Je te hais.

Ils s'embrassent dans la cabine…

ANDREA Tu les as quittés comment ?

BORIS On s'est un peu foutus de toi, et après je suis parti.

Ils s'étreignent, se déshabillent, glissant de la cuvette au sol…

ANDREA Tu es vraiment un pauvre minable…

BORIS Elle va tout raconter à Patricia…

ANDREA Un succès ce restaurant…

BORIS Ferme-la…

Yvonne arrive, un peu chancelante, dans les toilettes, tenant son sac bien serré contre elle.
La porte de la cabine est grande ouverte.

Yvonne découvre le couple enlacé au sol avant qu'ils ne la voient.

Quand ils l'aperçoivent, Andrea et Boris se relèvent et se réajustent précipitamment.

Gêne.

Andrea remet la cabine en ordre et l'invite à entrer.
Yvonne entre, hésitante, dans la cabine… puis ressort aussitôt.

YVONNE J'aurais aimé vous demander… Je sais bien que le moment… Enfin… Juste une information… Est-ce que je peux marier le Prontal avec mon XTralan ?

ANDREA Vous prenez le Prontal pour dormir ?

YVONNE Au coucher. Ça m'assomme idéalement.

ANDREA Ils n'ont rien à voir.

YVONNE Donc je peux prendre les deux ?

ANDREA En théorie.

YVONNE Merci beaucoup. Excusez-moi…

Elle retourne dans la cabine, toujours hésitante, tenant toujours son sac serré.

YVONNE J'ai la tête qui tourne… C'est peut-être l'accident… Ou j'ai peut-être trop bu…

Elle ferme la porte.
Andrea et Boris restent, indécis.

BORIS On vous attend…

YVONNE Non, non, ça me gêne de vous savoir là derrière…

BORIS On vous attend à côté.

Ils s'écartent dans le couloir.

Au bout d'un moment survient Éric…

ÉRIC Vous êtes encore là !… Vous avez vu passer ma mère ?

ANDREA Elle est dans les toilettes… Elle se sentait un peu étourdie… On attendait qu'elle sorte.

Éric patiente un peu devant la porte puis frappe.

ÉRIC Maman ?… Maman, tout va bien ?

YVONNE Non…

ÉRIC Qu'est-ce qui se passe ?

ANDREA Qu'est-ce qui se passe Yvonne ?…

YVONNE Mon calepin est tombé dans l'eau…

ANDREA Vous pouvez nous ouvrir ?

YVONNE Mon petit calepin en autruche…

ÉRIC Ouvre maman !…

Yvonne ouvre. Elle se repenche aussitôt vers la cuvette. Les autres l'imitent.

YVONNE Je note tout dedans… Il a disparu.

ÉRIC Tu as besoin de ton carnet aux toilettes !

ANDREA Laissez-moi faire… *(elle plonge son bras et sort le carnet)*

YVONNE Oh la la, merci !

Agitation : Éric tire la chasse, Andrea va passer le carnet sous l'eau. Elle le fait sécher avec la machine qui fait du bruit.

ÉRIC Pourquoi ce sac est ouvert ? Tu es sûre que rien d'autre n'est tombé ?

YVONNE Il ne ferme plus.

ÉRIC Il ferme très bien. Comment tu te sens ?

YVONNE Un peu vaseuse… Merci madame, j'ai tout vous savez dans ce calepin.

ÉRIC Tu es vaseuse ?…

Arrive Françoise…

FRANÇOISE Qu'est-ce qui se passe ?

ÉRIC Maman est vaseuse.

FRANÇOISE Tu es vaseuse Yvonne ?

YVONNE J'ai trop bu.

BORIS C'est peut-être les associations que vous faites…

FRANÇOISE Quelles associations ?… Quelles associations Yvonne ?

YVONNE Je ne sais pas. Tu m'embêtes.

FRANÇOISE Elle n'a pas l'air bien du tout !

YVONNE Adresse-toi directement à moi Françoise !

ANDREA Vous devriez vous asseoir une seconde… *(elle entraîne Yvonne dans la cabine et l'assoit sur l'abattant)* Respirez tranquillement… Ça va passer… Il vaudrait mieux ne pas boire avec le Prontal… *(Yvonne lui tient la main)*

YVONNE Vous êtes très aimable.

ANDREA Tout va bien.

FRANÇOISE Bon, qu'est-ce qu'on fait Éric ?

ÉRIC On attend… On attend que maman se sente mieux et si elle se sent bien, on va dîner… La table est prête. À l'intérieur à cause des moustiques. Une jolie table ronde… Non ?

FRANÇOISE Si, si… Je vous attends dans le couloir.

ÉRIC Ils ne sont pas pestiférés.

FRANÇOISE On ne va pas rester entassés dans ce réduit.

ANDREA Vous savez Françoise, si ça vous chante de raconter la soirée à Patricia, moi ça me va.

FRANÇOISE C'est la meilleure.

ÉRIC Elle ne va pas le faire.

FRANÇOISE Ah oui ? !

ANDREA Faites-le. Au contraire.

FRANÇOISE Madame je me contrefiche de votre feu vert. Je trouve même votre intervention stupéfiante sans vouloir vous vexer.

ANDREA Vous étiez différente tout à l'heure. Quand vous parliez de votre père, je m'étais dit, tiens, elle a un fond de mélancolie cette fille… Ça m'embêtait parce que j'ai un élan pour les gens qui ont un fond de mélancolie…

FRANÇOISE Je n'ai aucun fond de mélancolie.

ANDREA Non.

FRANÇOISE Et je m'en félicite.

ANDREA Vous avez raison… Mais vous avez un petit fond de mélancolie.

FRANÇOISE … Vous paradez dans ces toilettes, à votre place j'aurais moins d'aplomb.

BORIS Tu ne serais pas à sa place voyons Françoise, tu es la vertu même.

FRANÇOISE Agresse-moi.

ÉRIC Moi mes amis je pense qu'on s'engage sur un chemin calamiteux. Et qu'on n'est pas loin du ridicule.

FRANÇOISE Tu recommences.

ÉRIC C'est leur vie Chouchi ! Fous-leur la paix.

FRANÇOISE Et pourquoi ils sont encore là ! Pourquoi ? !

YVONNE Pourquoi tu cries Françoise ? Arrête de crier, tu m'esquintes les oreilles !

ÉRIC Ils sont restés parce que maman se sentait mal.

FRANÇOISE Elle se sent mal en permanence. Pourquoi on persiste à vouloir lui faire plaisir ? On ne peut plus l'emmener nulle part sans qu'il y ait un drame !

YVONNE Personne ne t'a demandé de venir.

ÉRIC C'est Françoise qui a choisi ce restaurant spécialement pour que tu puisses manger des Gillardeau !

YVONNE Je suis barbouillée, je ne vais pas manger des huîtres !

ÉRIC Tu veux qu'on annule ? Tu veux rentrer ?

YVONNE Ça vous arrangerait hein !

FRANÇOISE Je ne la supporte plus.

YVONNE *(à Andrea)* C'est ça qui est dégueulasse avec la vieillesse. On devient vulnérable. On n'a plus l'énergie pour répondre.

ÉRIC Tu n'es pas vieille maman.

YVONNE Si. C'est la pente savonneuse. On s'y cramponne mais ça glisse pour tout le monde. Y compris pour toi Françoise.

Françoise quitte les toilettes et disparaît dans le couloir.
Flottement.

ÉRIC Bravo.

YVONNE Je ne vois pas ce que j'ai dit.

BORIS *(il part brusquement)* Je reviens.

Flottement.
Andrea remplit le verre d'eau au lavabo. Elle sort un comprimé de son sac qu'elle avale.

ANDREA Je le hais.

4.

Dans le restaurant.
Une jolie table ronde. Quatre chaises autour. Mais le couvert est mis pour trois.

Andrea et Yvonne sont attablées. Sur la table, il y a une corbeille de pains divers. Une bouteille d'eau (près d'Yvonne) et deux coupes de champagne.

Yvonne analyse le menu. Andrea mange un gressin.

YVONNE Sardine en jupe…

Un temps.

Arrive Éric qui s'assoit.

ÉRIC … Ils sont dehors. Sur le parking.

Flottement.
Andrea croque un autre gressin et sirote son champagne. On sent Éric un peu embarrassé.

ÉRIC … Ça marche à Fréjean ?

ANDREA Quoi ?…

ÉRIC Le commerce, la pharmacie…

ANDREA Ça marche…

ÉRIC La ville se développe. J'y suis allé récemment. Nouveaux quartiers, nouveaux lotissements…

ANDREA Oui…

ÉRIC C'est devenu attractif Fréjean… Depuis la reconversion des friches industrielles… Ils se sont bien battus avec la préfecture. Déclasser un périmètre de sécurité, c'est pas gagné d'avance.

ANDREA Non…

ÉRIC Vous fréquentez Boris depuis longtemps ?… Enfin je… pardon, ça ne me regarde pas, je pose la question sans…

ANDREA Depuis quatre ans.

ÉRIC Je ne connais pas très bien Patricia… En général les filles se voient à part… Elles sont amies d'école… Pas évident tout ça… Tu trouves ton bonheur maman ?

ANDREA Vous travaillez dans quelle branche ?

ÉRIC Je suis à la direction juridique chez Framex hélicoptères.

ANDREA Vous faites quoi ?

ÉRIC Des contrats de leasing.

ANDREA Ah oui…

ÉRIC J'ai aussi le contentieux, les litiges.

ANDREA Je ne suis jamais montée dans un hélicoptère.

ÉRIC Ça peut s'arranger.

ANDREA J'aimerais bien.

ÉRIC On va organiser un petit tour un de ces jours…

ANDREA Chouette…

ÉRIC Ça vous fait rire ?…

ANDREA Non… Ça me fait plaisir.

YVONNE Poêlée de couteaux et morilles en persillade…

ANDREA Vous trouvez que j'ai encore l'air jeune ?

ÉRIC Vous plaisantez.

ANDREA Ma mère avait mon âge quand elle m'a eue…

ÉRIC Elle a bien fait.

Flottement.

ANDREA Elle est à Méjan-le-Grand, dans une maison de retraite. Elle se marre. Elle fait des conférences sur l'art du tricot de chaussons pour adultes. D'abord une aubergine avec deux pointes, ensuite elle revient en arrière, elle refait une aubergine, elle en refait deux ou trois fois de suite. À la fin tu mets le pied dedans et ça s'allonge parce qu'il y a un trou au milieu.

YVONNE Poussin grillé en crapaudine…

ÉRIC C'est confortable ?…

ANDREA Très.

Entrent Françoise et Boris.

Françoise s'est visiblement configurée dans un effort de civilisation…

Andrea, coupe de champagne et gressin en main, ne manifeste aucune intention de mouvement.

FRANÇOISE Mignonne cette table… *(elle s'assoit sur la quatrième chaise devant laquelle le couvert n'est pas dressé)*

ÉRIC Parfaite.

BORIS On va vous laisser dîner pour de bon…

ANDREA Vous avez l'air de vous être merveilleusement arrangés… *(Andrea boit)* C'est quoi votre arrangement merveilleux ?

BORIS *(il lui retire des mains la coupe de champagne)* C'est inutile.

ANDREA Tu m'avais abandonnée.

BORIS Andrea… On y va.

FRANÇOISE J'ai vu passer des oursins. Tu aimes ça Yvonne les oursins.

ANDREA Ah les oursins j'adore moi aussi !

ÉRIC Ce n'est pas la meilleure saison pour les oursins.

YVONNE Vous savez madame, on peut mimer les choses… Moi, souvent, je me surprends à mimer la paix.

ÉRIC Andrea, je crois que vous devriez y aller.

ANDREA Je peux finir mon petit verre… ? *(elle a repris la coupe et boit)* Ne t'inquiète pas

Boris je suis atrocement lucide… Éric va m'emmener faire une balade en hélicoptère.

FRANÇOISE Ah oui ?…

ANDREA Oui. Je ne suis jamais montée dans un hélicoptère.

FRANÇOISE Et quand ?…

ÉRIC Un jour…

FRANÇOISE Éric va vous emmener faire une balade en hélicoptère…

ANDREA *(à Éric)* J'espère que vous n'avez pas dit ça en l'air, je suis une personne très confiante vous savez…

BORIS Tu fais chier Andrea, viens maintenant !

ANDREA Si vous ne le pensiez pas, j'aime autant le savoir tout de suite…

ÉRIC Vous n'avez jamais volé en hélicoptère, j'ai dit qu'il faudrait faire un baptême, un de ces jours… Mais pas nécessairement en ma compagnie…

ANDREA Ah… Je n'avais pas compris.

ÉRIC J'ai parlé en général.

ANDREA J'avais mal compris…

FRANÇOISE Je vous demande instamment de nous laisser.

ANDREA Oui… Bien sûr… *(elle s'est levée ; peut-être même avant déjà)* C'était culotté cette proposition. J'étais contente. Un petit claquement de doigts et hop, on rentre à la niche.

BORIS Elle n'aurait pas dû boire…

ÉRIC En effet.

ANDREA Ah ah ah ! Voilà, tout de suite ! Elle n'aurait pas dû boire la pauvre ! J'ai trempé mes lèvres dans une demi-coupe de champagne… *(à Françoise)* Vous ne direz plus rien à votre amie je suppose…

FRANÇOISE Je ne crois pas.

ANDREA C'est dommage… *(à Boris)* Arrête ! Arrête de me tirer ! Ne me tire pas… *(à Françoise)* Je serais bien curieuse de savoir jusqu'où il m'a minimisée pour vous convaincre… *(son portable sonne dans le sac)* C'est tellement minable tout ça. Toutes ces affaires minables. Ça me dégoûte… Allô ?… Il a perdu une jambe ? !… Quelle idée de l'avoir mis dans la machine !… On va le recoudre… Tu le mets à sécher et je vais le recoudre… À plat, sur une serviette… Tu t'arrêtes de pleurer So… Tu arrêtes avant que je raccroche… Oui… Promis, promis… *(elle fait plein de petits baisers dans le téléphone…)* … Je peux appeler un taxi d'ici ?

BORIS Je te raccompagne !

ANDREA Non.

BORIS Sois raisonnable…

ANDREA Ne me touche pas !

BORIS Est-ce que tu réalises à quel point tu occupes l'espace Andrea ?

ANDREA Laisse-moi.

BORIS Tu satures l'atmosphère avec tes humeurs et ta cinglerie ! Qui a voulu rester ? Qui s'applique à pourrir la soirée de gens qui n'ont rien demandé ?

YVONNE Où est mon sac ?

ÉRIC Il est là maman ! Où veux-tu qu'il soit ? Tu nous emmerdes avec ton sac !

Yvonne farfouille dans son sac et extirpe le petit carnet.

ANDREA Pourquoi tu me sacrifies ?

BORIS Parce que je n'ai pas envie de foutre ma vie en l'air… Je ne suis pas capable de faire ton bonheur Andrea !…

ANDREA C'est quoi cette phrase imbécile ?… D'où sort cette phrase ?…

Andrea prend un couteau sur la table et menace Boris.

BORIS *(il rit)* Qu'est-ce que tu fais ?

ANDREA Tu as la trouille ?

BORIS *(l'esquivant et tournant autour de la table)* Un peu… Andrea, repose ce couteau.

ÉRIC Posez ce couteau Andrea !

BORIS Il ne coupe pas ! Tu ne peux pas me poignarder avec un couteau à poisson !

ANDREA Shut up !

BORIS *(offert)* Vas-y. Dépèce-moi.

YVONNE Celui-là est mieux.

ÉRIC *(ôtant le couteau des mains d'Yvonne)* Tu es cinglée toi aussi !

Andrea tente un geste absurde que Boris arrête en riant. Andrea rit malgré elle. Moment furtif, et gênant pour les autres, de compréhension intime.

Yvonne écrit quelque chose dans son calepin.

FRANÇOISE Tu prends des notes Yvonne ?

YVONNE Des pensées.

FRANÇOISE Je suis épuisée. Je ne sais même plus de quoi il est question *(elle boit le champagne d'Éric)*.

YVONNE *(à Andrea)* J'ai remarqué que vous aviez plusieurs rires. Il y en a un où vous montrez vos dents jusqu'en haut.

ANDREA C'est moche ?

YVONNE Pas du tout.

ÉRIC Est-ce qu'on peut… est-ce qu'on peut envisager de dîner maintenant ?… Je n'ose pas dire *sereinement* ?… Françoise ?… Françoise ?

FRANÇOISE On fait ce que tu veux.

ÉRIC Qu'est-ce qu'il y a ?

FRANÇOISE Rien !…

Flottement.

ANDREA Au rayon Bultex ce matin, un couple s'est allongé pour essayer un matelas… Ils se sont mis au milieu du lit, tout près l'un de l'autre comme s'ils s'apprêtaient à passer la nuit… Au début, la vendeuse est restée debout… Puis, comme l'homme et la femme ne bougeaient pas, elle s'est assise sur le bord du lit juste à côté, dans une position très droite, les jambes serrées… Les gens allaient, venaient, il y avait même une animation dans un autre rayon, mais le couple ne bougeait pas et la vendeuse attendait. On aurait dit qu'elle veillait des morts.

BORIS On y va ?

ANDREA Je vais commander un taxi.

BORIS On est loin de tout. Ça n'a pas de sens.

5.

Quelque part sur la même terrasse que scène 2. La nuit est presque tombée. Atmosphère de chaleur.

Andrea est seule, assise, fumant.
Sur la table basse, la bouteille de champagne de la scène 2, sortie de son seau, et une coupe à moitié pleine.

Après un temps, survient Françoise.

(durant la première partie de cette scène, les mots ne viennent pas si facilement)

FRANÇOISE Vous êtes toujours là…

ANDREA Oui… Je suis celle qui veut partir et qui toujours reste, reste, reste…

FRANÇOISE … Et Boris ?

ANDREA Volatilisé. J'ai demandé à la réception qu'on m'appelle un taxi et il s'est volatilisé.

Françoise allume une cigarette.
Un temps.

FRANÇOISE Vous avez essayé la cigarette électronique ?

ANDREA Non…

FRANÇOISE J'ai fait tous les parfums. Orient, Energy drink… Qu'est-ce qu'on entend ?…

ANDREA Des grenouilles… Il y a un bassin juste derrière.

FRANÇOISE Elles hurlent…

ANDREA Oui.

Flottement.

FRANÇOISE Ça m'angoisse les bruits de la nature… Je préfère la ville… Je devrais vivre à Paris.

ANDREA Ou à Rome.

FRANÇOISE Rome… c'est bien aussi. *(après un temps)* Ça va ?

ANDREA Impeccable.

FRANÇOISE Vous êtes originaire de la région ?

ANDREA De Chaly-la-Grande…

FRANÇOISE Je connais.

ANDREA C'est rare.

FRANÇOISE Mon ex-mari travaillait avec la coopérative…

Un temps.

ANDREA Elle a quel âge Yvonne ?

FRANÇOISE Personne ne sait.

ANDREA Mes pieds sont déchiquetés… Gigi Dool. Quatre cent quatre-vingt-dix euros. Le cinquième de mon salaire… Achetées hier pour aller avec la jupe courte en prévision de la soirée féerique…

FRANÇOISE On a un Gigi Dool à Bordeaux ?

ANDREA Un corner aux Galeries…

Françoise termine sa cigarette.
Andrea boit quelques gorgées de champagne et verse les dernières gouttes de la bouteille dans son verre.

FRANÇOISE *(sans bouger)* Bon… Il faut que je retourne…

ANDREA Ils ne sont pas malheureux sans vous…

FRANÇOISE Non…

ANDREA Rome, j'y pense pour de vrai vous savez. De temps en temps je me lève et je pense que je peux aller quelque part, changer de vie, me faire de nouveaux amis dans une capitale ensoleillée…

Silence.
Elle se passe un stick roll'on sur ses piqûres de moustique.

FRANÇOISE Je peux ?… *(elle le fait aussi rouler sur sa peau)*

ANDREA Dans le train, quand je reviens le soir, je vois par des fenêtres des bouts d'intérieurs avec la télé, la table préparée pour le dîner, toujours à la même heure, des intérieurs calfeutrés, à la fois cafardeux et enviables… Vous savez ce que j'envie ? C'est la répétition. C'est le toujours à la même heure.

FRANÇOISE Vous êtes folle.

ANDREA Ce n'est pas un scoop.

Surgit Yvonne.

YVONNE Te voilà Françoise !

FRANÇOISE Ça va Yvonne ? Qu'est-ce qui se passe ?

YVONNE Il se passe que je suis perdue. On me laisse seule dans ce labyrinthe. Je me suis retrouvée dans un local à poubelles.

FRANÇOISE Mais pourquoi as-tu quitté la table ?

YVONNE Éric est au téléphone… Je ne reste pas à une table où je n'ai personne à qui parler.

FRANÇOISE Allons-y. Retournons.

YVONNE Une seconde. *(elle s'assoit – se laisse choir – dans le canapé)*

FRANÇOISE Yvonne… !

YVONNE Une seconde Françoise, il est au téléphone !… On est mieux dehors je trouve.

FRANÇOISE Cette soirée me tue.

Un moment d'enlisement. Chant des grenouilles. Andrea a enlevé ses chaussures.

YVONNE J'adore les talons hauts. Maintenant on en fait de si hauts ! J'étais une pin-up vous savez. Mais une pin-up Ancien Régime. J'avais vu un portrait de la duchesse de Longueville, vous voyez qui c'est ?… J'avais fait copier sa robe pour un bal costumé, puis je l'avais coupée au-dessus du genou et je la portais en tenue de cocktail avec des talons aiguilles. Mais les talons, un moment donné on ne peut plus en mettre. Le corps n'en veut plus… Profitez de vos jolies jambes ma chère… Avant que le corps n'impose ses lois lugubres… Depuis mon arthrose, je ne peux plus me couper les ongles des pieds toute seule. Je suis obligée d'aller chez une pédicure qui me prend quarante-cinq euros, deux fois le prix du toubib premier secteur. Je sais bien qu'elle a son local à payer mais quand même. Je paye le même prix chez le coiffeur, mais j'utilise l'électricité puisqu'on me sèche au casque… Mon amie Solange Escudero ne sort presque plus. Je suis allée la visiter, elle m'a reçue au milieu de toutes ses vieilleries, dans une robe imprimée scintillante et son collier de perles à quatre rangs. J'ai pensé, elle persiste à s'ornementer la pauvre… Elle fait des origamis de végétation, des orchidées, des sapins, sur une table de bridge… Elle était mariée à un torero.

Flottement.

ANDREA J'ai faim…

YVONNE Madame…

ANDREA Andrea.

YVONNE Andrea. J'ai eu une lombalgie il y a… je ne sais plus quand…

ANDREA Oui…

YVONNE Une lombalgie très douloureuse. On m'a prescrit de l'XTralan…

ANDREA Oui.

YVONNE J'ai gardé un petit comprimé le matin.

ANDREA Vous me l'avez dit.

YVONNE Ah bon ?… Des idiots me disent que je ne devrais pas.

ANDREA Un seul vous pouvez.

YVONNE Un seul ! Un seul !… Et j'aimerais savoir, selon vous, est-ce que je peux marier le Prontal, que je prends pour éviter de passer la nuit les yeux écarquillés, avec mon XTralan ?

ANDREA Je vous ai déjà dit oui…

YVONNE Ah ?… Mais quand ?

ANDREA Dans les toilettes… Vous pouvez prendre les deux. Un le matin, l'autre le soir. À condition de ne pas augmenter les doses.

YVONNE Ah ! Tant mieux.

Flottement.
Yvonne sort le carnet de son sac et note quelque chose.

YVONNE Dans les toilettes ?…

FRANÇOISE Yvonne, je pense qu'on devrait y aller…

YVONNE Solange était une pin-up aussi. Je lui raidissais les cheveux avec un fer à repasser. Sa mère travaillait dans un atelier de gainerie… On a vu arriver les premiers soutiens-gorge moulés… Solange les essayait en cachette.

FRANÇOISE On y va ?…

YVONNE Vous dînez avec nous ?

FRANÇOISE Non Yvonne ! Non, elle ne dîne pas avec nous ! Non ! Non !

YVONNE Ne crie pas Françoise !

FRANÇOISE Tu sais bien qu'elle ne dîne pas avec nous ! Pourquoi tu lui proposes ? !... *(Yvonne se couvre les oreilles avec les mains. Françoise vient les lui enlever brusquement)*... Pourquoi tu lui proposes ? !

YVONNE Tu me brutalises...

FRANÇOISE Ne te transforme pas en petite chose friable et apeurée.

YVONNE Je me fiche de vos histoires. C'est mon anniversaire, je le passe avec qui je veux.

FRANÇOISE On va le fêter jusqu'à la tombe cet anniversaire ?

YVONNE Ne t'en déplaise. Toi tu n'aimes pas ton anniversaire, tu n'aimes pas Noël, tu n'aimes pas les dimanches, tu n'aimes rien.

FRANÇOISE Rien.

YVONNE Il est où votre ami ?

ANDREA Pff… Dieu seul le sait.

YVONNE Il m'a l'air un peu d'une tête brûlée ce garçon.

ANDREA Vous lui faites trop d'honneur.

Flottement.

YVONNE *(à Andrea)* Mademoiselle de Longueville n'avait pas d'éventail mais moi j'en avais un… J'entends des coassements abominables… ?

FRANÇOISE Tu entends des coassements abominables.

YVONNE Il y a une mare ?…

FRANÇOISE Il y a une mare.

YVONNE Ah ça me rassure ! *(à Andrea)* J'ai des acouphènes… Mon beau-père faisait taire les grenouilles à la carabine… Tu es fâchée ma petite Françoise ?

FRANÇOISE Non.

YVONNE Je n'aime pas quand tu es fâchée.

FRANÇOISE Je ne suis pas fâchée.

ANDREA Si on me laissait je réglerais tout à la carabine… *(essayant de remettre ses chaussures)* Je ne rentre plus dedans… je ne peux plus les remettre… des vraies merdes ces chaussures ! *(elle les envoie valdinguer avec ses pieds)*

Yvonne rit.
Flottement.

ANDREA Vous chaussez du combien ?

FRANÇOISE Trente-sept…

Apparaît Éric.

ÉRIC Il faut m'expliquer Françoise. Il faut m'expliquer ce que vous faites là avec maman à nouveau avachie et moi tout seul avec les praires et les bulots !

FRANÇOISE Tu étais au téléphone.

ÉRIC Deux minutes ! Deux minutes avec Serge De Grolt qui vient de se faire virer de chez Unifret le pauvre... Et vous, vous êtes encore là ?

ANDREA Je m'y plais.

Andrea boit et tend sa coupe à Françoise qui la termine.

ÉRIC Tu ne veux pas manger maman ? !

YVONNE Manger, manger, vous ne me parlez que de manger ! Tu crois que je n'ai que ça à faire ?

ÉRIC Tu voulais manger des huîtres !

FRANÇOISE Laisse-la.

ÉRIC Je ne comprends pas cette soirée Françoise.

FRANÇOISE Il n'y a rien à comprendre. Tout est déréglé. La soirée est déréglée, je suis déréglée, ta mère est déréglée, n'essaie pas de maintenir l'atmosphère à une température moyenne.

ÉRIC Qu'est-ce qu'on fait avec le plateau de fruits de mer ? !

FRANÇOISE On se fout du plateau de fruits de mer !

ANDREA Il y a des oursins ?

ÉRIC Qu'est-ce que vous avez avec les oursins ! Ce n'est pas la saison !… *(à Andrea)* Votre copain a foutu le camp ? Un sage.

FRANÇOISE Boris est le *mari* de Patricia.

ÉRIC Ça n'a plus l'air de te gêner outre mesure.

FRANÇOISE Tu ne voudrais pas nous rapporter une bouteille fraîche ?

ANDREA Oh, bonne idée !

ÉRIC *(avisant Yvonne semblant s'endormir, penchée dans le canapé)* Qu'est-ce qu'elle fait ? !

Maman !… Je déteste quand elle se laisse aller comme ça !

FRANÇOISE J'y vais. *(elle disparaît en direction du restaurant)*

Andrea prend Yvonne dans ses bras et la soulève pour la redresser.

ANDREA Yvonne, il faut rester avec nous pour fêter votre anniversaire.

YVONNE Mon anniversaire, oui.

ANDREA Vous n'avez pas trop chaud avec ce boléro gaufré ?

YVONNE Mon sac… J'ai chaud, oui.

ÉRIC Enlève-le !

ANDREA Au moins le déboutonner un peu… *(elle déboutonne le gilet d'Yvonne)*

YVONNE Mais fichez-moi la paix ! Vous m'embêtez tous !

ÉRIC *(à Françoise qui revient)* J'ai commandé un praliné aux poires pour le dessert. Je l'annule ?

FRANÇOISE On verra bien ! Pourquoi tu es tellement anxieux avec la bouffe !...

YVONNE Pourquoi aux poires ? !

ÉRIC Parce que c'est leur spécialité.

YVONNE J'aime praliné-chocolat.

FRANÇOISE Tu sais bien qu'elle aime le chocolat...

ÉRIC Leur spécialité c'est la poire !... Tu veux un dessert maman ? !

YVONNE Tu me casses les oreilles Éric !

Survient Boris.

ANDREA Qui voilà !...

BORIS Un taxi est arrivé sur le parking...

ANDREA Mon taxi.

BORIS Je l'ai renvoyé.

ANDREA Renvoyé !

BORIS C'est quoi ce comité ? On vous a virés du restaurant ?

ANDREA Tu as renvoyé mon taxi Boris ? !

BORIS J'ai payé le compteur et j'ai donné un pourboire.

ANDREA Il va me falloir un petit calmant… *(elle fouille dans son sac et gobe un cachet)* Et qu'est-ce que tu foutais sur le parking ?

BORIS Je ruminais… Maintenant tu viens, on les a assez emmerdés, tu plies bagage… *(il lui prend le bras en essayant de réunir ses affaires…)*

ANDREA *(elle se fait résistante, languissante et molle)* Tu ruminais, tapi dans ta voiture mon bébé…

BORIS Où sont les chaussures ?

ANDREA Et moi qui ai eu un instant de chagrin, figure-toi, en te croyant parti… Chagrin d'être abandonnée… et tout de suite après l'humiliation de ce chagrin, et le chagrin de l'humiliation, une poupée russe de chagrins… tu sais bien qu'à un homme on dit toujours le contraire de ce qu'on veut… Oublie mes chaussures, mes pieds ont triplé de volume… Je me sens très bien finalement dans cet endroit prescrit par Patricia… Pourquoi as-tu renvoyé mon taxi ? Tu te rappelles que tu ne peux pas faire mon bonheur… c'est votre rôle de faire le bonheur des femmes ?…

BORIS C'est nouveau cette propension au cabotinage ? Tu veux séduire qui ici ?

ANDREA Mais laisse mon sac !

BORIS On s'en va.

ANDREA Tu n'as pas dit on s'en va déjà soixante-dix-huit fois ce soir ?

BORIS Je te ramène chez toi Andrea !

ANDREA Tu fais ta grosse voix…

BORIS On leur gâche leur soirée…

ANDREA Ne m'englobe pas.

ÉRIC Ce cirque commence à me gonfler.

BORIS On est chez vous ici ? Retournez à votre table ! Un mouroir ce resto soit dit en passant…

FRANÇOISE Un mouroir.

ÉRIC C'est toi qui l'as choisi !

FRANÇOISE Sur Internet. Yvonne voulait des coquillages.

ANDREA Patricia le trouve très agréable.

BORIS Oui, très agréable, elle me l'a chaudement recommandé !

ÉRIC Maman, veux-tu oui ou non, que nous fêtions ton anniversaire ? !

YVONNE Je veux le fêter dans la joie.

FRANÇOISE Ça c'est difficile.

ÉRIC Tu veux que je demande s'ils peuvent nous faire un praliné-chocolat ? !

YVONNE Qui ?

ÉRIC Les gens du restaurant !

YVONNE Ils sont gentils.

ÉRIC … Je fais quoi maman ?… Je commande un praliné-chocolat ?…

ANDREA Vous la harcelez. Laissez-la respirer !

ÉRIC Vous allez fermer votre gueule vous !

BORIS Il va falloir vous calmer mon vieux…

ÉRIC Est-ce que tu veux un praliné-chocolat maman ? !

FRANÇOISE Arrête Éric !

ÉRIC Ne fais pas cette tête de martyr, réponds-moi ! Articule un son !

ANDREA Vous ne pouvez pas lui parler comme ça…

ÉRIC Allez tous vous faire foutre !

Silence.
Un serveur apporte une carafe d'eau et une bouteille de champagne dans un nouveau seau. Il la débouche et remplit les coupes neuves.
Andrea donne un verre d'eau à Yvonne et lui enjoint de boire.

ÉRIC *(sous le coup de l'abattement)* Je me démultiplie pour leur rendre la vie facile, je me mets en quatre pour maintenir une cohésion familiale… Je passe ma vie à organiser des trucs pour qu'on soit bien, jamais un soupçon de reconnaissance, jamais, plaintes, râleries, masque de déploration ! D'où viennent ces bruits de batraciens ?

ANDREA Il y a un bassin derrière.

ÉRIC Vous avez exploré le terrain ?

ANDREA Oui.

ÉRIC Peut-être qu'il faut rester obstinément égoïste, ou tout bonnement fataliste, chacun se démerde et vogue la galère… Je n'ai même plus faim moi-même…

ANDREA Moi j'ai faim et soif.

ÉRIC Allez manger les crustacés si ça vous tente ! Au moins j'aurais amorti le plateau.

FRANÇOISE Yvonne, ça va ?… Yvonne ?

YVONNE Oui…

BORIS J'étouffe. Je suis au bord du malaise vagal…

ANDREA Tu veux un Sedamyl ?…

BORIS Je ne prends pas ces saloperies.

ANDREA *(à Françoise)* Je n'ai plus de cigarettes, il vous reste une petite Lucky pour moi ?…

FRANÇOISE Non malheureusement…

BORIS Elle a assez fumé… Vous êtes intimes maintenant !

ANDREA Peut-être qu'ils peuvent nous dépanner ?… *(elle se dirige vers l'intérieur)* Pieds nus, on va me virer ?… *(Boris l'intercepte)* Aïe !… Tu me fais mal… Lâche-moi !…

BORIS *(il la maintient)* On va s'enliser ici pour l'éternité ?…

ANDREA Tu m'encombres Boris, va-t'en.

BORIS Ne dis pas des mots que tu pourrais regretter. Je suis capable de faire une vraie connerie cette nuit…

ANDREA *(elle rit)* Oh la la !

BORIS Je suis dos au mur. Je coule.

ANDREA Tu recommences ! Si vous saviez comme ce genre de phrases a peu de chances d'émouvoir ! Un homme qui coule a intérêt à couler en silence tu sais.

ÉRIC Encore cette affaire de vérandas ? !

BORIS Je vais partir en liquidation, direct.

ÉRIC Mais non !

BORIS Mais taisez-vous ! D'où vous parlez ? Vous n'avez aucune donnée…

ÉRIC On se vouvoie ?

BORIS Vous dispensez vos lumières ex cathedra en complète méconnaissance des choses…

ÉRIC *(il désigne Françoise)* Je raisonne à partir de ce qu'on me dit…

BORIS Laissez tomber… J'ai hypothéqué ma maison. Mon seul bien. Pour garantir le prêt investisseur. Ma femme ne le sait pas. Je serai appelé en comblement de passif parce que je suis fautif. Si je dépose, je n'ai plus de maison, je n'ai plus de société. Je n'ai plus rien. Des années de procédures et des dettes pour la vie.

ÉRIC Si vous me faisiez voir les documents…

BORIS Il n'y a rien à voir. Je suis ruiné. Point.

ÉRIC Au moins le contrat de prêt…

FRANÇOISE Fiche-lui la paix.

ÉRIC C'est lui qui remet son affaire sur le tapis !

YVONNE Il est ruiné ?

ANDREA Il paraît.

ÉRIC *(à Françoise)* On ne m'avait pas dit tout ça…

YVONNE Moi j'ai été ratissée par un faux unijambiste. Un Rom. J'avais un sac cartable mou. Un modèle complètement idiot.

BORIS Donne le Sedamyl.

YVONNE Quand je l'ouvrais tout se répandait.

ÉRIC Ça marche pour quoi ?

ANDREA Vertiges, parano, cafard…

ÉRIC C'est ce qu'il me faut.

Andrea distribue les comprimés.
Flottement. Ils sont tous comme échoués. Chant des grenouilles.

YVONNE Ce qui m'embête dans la mort, c'est que les gens continuent à vivre comme si de rien n'était. Quand je mourrai, vous allez continuer à papoter comme si de rien n'était.

ÉRIC Eh oui…

YVONNE Oui. Ou à faire des drames. Moi ça ne me gêne pas les drames. Ça me divertit.

ÉRIC Maman…

YVONNE Le gardien de ma résidence, un gentil Portugais, s'est mis à tout ranger dans sa loge. Tout ranger. Deux semaines plus tard il était mort.

FRANÇOISE Si on changeait de conversation ?

YVONNE Je t'aime ma petite Françoise.

FRANÇOISE Moi aussi Yvonne… Il faut s'égayer maintenant !

ANDREA Oui, s'égayer !... Qu'est-ce qui nous en empêche ?... C'est l'été, on est habillés pour la fête... Vous avez une nouvelle voix subitement, il faut que la voix sonne gaiement !... On est dehors, on est jeunes... À Méjean-le-Grand, là où se trouve ma mère, les gens n'ont même pas le droit d'ouvrir leur fenêtre, il faut demander une autorisation pour avoir un filet d'air... *(à Boris)* Avant de te jeter dans la Garonne si tu en as envie mon amour, tu pourrais ton dernier soir faire bella figura, comme les grands flambeurs. Il me manque juste une clope...

Flottement gêné.

FRANÇOISE Allez, on retourne à table nous...

ÉRIC Allez maman !

Françoise et Éric aident Yvonne à s'extraire du sofa et l'entraînent vers l'intérieur du restaurant...

FRANÇOISE Boris... Vous allez vous battre... Rien n'est écrit... Et oublie la Garonne... *(à Andrea)* Au revoir...

ÉRIC On aurait dû faire connaissance sur une autre toile de fond… Bonne chance. Elle a raison vous savez, on n'est jamais à l'abri d'une heureuse résolution… On vous laisse la bouteille !

YVONNE On va où ?

ÉRIC On va dîner maman. Tu peux leur dire au revoir.

YVONNE Au revoir…

BORIS Au revoir madame.

ANDREA Au revoir Yvonne…

ÉRIC Prudence sur la route !

Ils s'apprêtent à disparaître mais Yvonne se retourne.

YVONNE C'est mon anniversaire…

ANDREA Oui…

Ils partent.
Andrea et Boris restent seuls…

BORIS Tu les as enthousiasmés…

Andrea se tient, épaules basses, comme rapetissée. Après un temps, elle sort son portable et compose un numéro.

ANDREA Minuscule So… Si !… Bien sûr… bonne idée… Il est déjà sec ?… Tu as goûté le gratin de chou-fleur ?… Tu vois !… Tu ne fais pas confiance à ta maman. Avec du râpé et de la béchamel c'est très bon… Je ne sais pas où je suis. Mais je vais rentrer bientôt… Dodo maintenant. Qu'est-ce qu'elle fait Violette ? Dis-lui de te mettre au lit… D'accord… *(petits baisers dans l'appareil…)*

Boris triture le carnet d'Yvonne, oublié sur le canapé.

BORIS Elle a écrit ton nom, deux fois : Andrea… Andrea…

ANDREA Il faut le lui rapporter.

BORIS Sommeil chéri… rire du haut… Prontal plus X je sais pas quoi : oui… *(il feuillette)*

ANDREA Arrête, ferme-le.

BORIS Étui jaune pour de loin… pistache point d'interrogation… chez qui je suis point d'interrogation…

ANDREA Arrête !… *(elle tente de le lui arracher)*

BORIS Rouge baiser… nulle part à tout point de vue… *(il le lui rend)*

ANDREA Comment tu oses ? Comment tu oses faire ça ?

BORIS Elle débloque un peu non ?…

ANDREA Tu me dégoûtes.

BORIS C'est la mieux des trois, remarque.

En suspens…

Reviennent Éric et Yvonne hagarde.

ANDREA *(elle lui tend aussitôt le carnet)* Il est là. Le voilà.

ÉRIC Tu vois ! Il est là ! Pas la peine de t'affoler.

YVONNE Oh merci ! Merci, merci de tout cœur madame, merci…

ANDREA Il n'était pas perdu.

YVONNE C'est un cuir anglais. De la peau d'autruche anglaise.

ANDREA Très bien…

YVONNE Mon mari disait que les Anglais étaient des ordures mais je ne suis pas d'accord.

ÉRIC On y va maman. Françoise est toute seule.

YVONNE De temps en temps, il vient me voir, avec des ailes vissées dans les omoplates. Il volette dans la chambre.

ANDREA *(elle rit)* Il volette ! C'est merveilleux !

YVONNE Oui. Dans son pyjama en popeline beige qu'il ne voulait jamais mettre.

ÉRIC Je me demande si elle n'a pas fait une mauvaise chute avec la voiture…

BORIS Vous croyez ?… Elle aurait mal à la tête ou… Vous… Ça va ?

YVONNE Très bien.

ANDREA Vous n'avez plus de vertiges ?

YVONNE Pourquoi j'en aurais ?

Yvonne range avec soin son carnet dans le sac qu'elle s'applique à refermer.
Elle repart au bras de son fils.

Silence.

Andrea tente de remettre ses chaussures…

6.

Nuit.
Le parking.

Seuls, Boris et Andrea.
Lui dans la voiture sur le siège conducteur, porte grande ouverte…
Elle, pieds nus, quelque part sur le parking.
La radio crache un brouhaha de stations manipulées par Boris…

ANDREA Tu peux regarder si il n'y a pas une cigarette dans la boîte à gants ?

BORIS Il n'y en a pas.

ANDREA Regarde…

BORIS Il n'y a jamais eu de cigarettes dans cette voiture.

ANDREA On ne sait jamais…

BORIS *(il ouvre et ferme la boîte)* Il n'y a rien.

Flottement.

ANDREA Dans un reportage sur des clochardes, il y en avait une qui disait je fume parce que ça me rappelle la vie normale… je fumais dans ma maison… On imaginait la toile cirée, le cendrier canette…

BORIS Je ne comprends rien, je ne comprends pas de quoi tu parles…

ANDREA Attends, laisse, j'aime bien ce morceau !

Boris éteint aussitôt la radio.

ANDREA Quand je vais voir ma mère parfois je regarde les objets de sa chambre comme si elle n'était plus là… Elle aussi a un collier de perles avec plusieurs rangées. Mais ce sont des fausses.

BORIS Je ne sais pas comment tu fais pour être à ce point exténuante…

ANDREA Barre-toi !…

BORIS Aucun taxi ne viendra à cette heure-ci. Et imagine la gueule des Blum quand tu leur demanderas de te ramener !…

ANDREA C'est l'étoile polaire qu'on voit ?… Pourquoi elle est en dessous de la Grande Ourse ?… Tu crois que c'est l'étoile polaire ?

BORIS J'en sais rien ! On s'en fout.

ANDREA Vous allez faire quoi cet été ?

BORIS Cet été ? !

ANDREA Pour vos vacances.

BORIS Tu le fais exprès ?…

Elle rit.

ANDREA Chaque année j'ai vu arriver ces horribles vacances, les plages espagnoles, les Pouilles, il y a un an vous partiez dans les Pouilles, tu étais revenu très content des Pouilles, les enfants avaient tellement aimé, vous aviez sillonné le pays comme des pionniers…

BORIS C'est fini tout ça.

ANDREA C'était gentil de m'inviter dans un restaurant si cher ce soir…

BORIS Tu n'as pas voulu en profiter.

ANDREA Une bêtise.

BORIS Oui.

ANDREA Tu es malheureux ?

BORIS Non. Je ne suis rien.

ANDREA Tu devrais consulter une chiromancienne.

BORIS Il existe le type de la pharmacie ?

ANDREA À ton avis ?

BORIS Non.

ANDREA J'ai remarqué que tous mes anciens amants, y compris le père de Sophie, veulent m'embrasser sur les lèvres. Ils avancent leur cou, bec pointé vers ma bouche afin d'affiner la visée…

BORIS Tu vas finir par donner des graines aux pigeons avec ta copine, la mère de…

ANDREA Ça m'agace mais peut-être qu'ils ont raison. On ne peut pas laisser tout s'envoler en fumée…

BORIS Andrea, Andrea, quittons cet endroit…

ANDREA Va-t'en.

BORIS S'il te plaît !

ANDREA Ce ton m'horripile.

BORIS Je vais te cogner.

ANDREA Ça ne me fait plus d'effet.

BORIS Qu'est-ce que tu manges ? Qu'est-ce que tu avales encore ? !…

Il se précipite pour regarder dans le sac.

ANDREA Un bonbon !...

BORIS Tu mens !

ANDREA Un bonbon au réglisse !

BORIS Montre !

ANDREA Un bonbon au réglisse !... De quoi tu te mêles ? !

BORIS J'en ai marre de te voir avaler des saloperies !

ANDREA Je mange un bonbon qui me colle les dents !... *(elle ouvre agressivement la bouche)*... Parce qu'il faut que j'ingurgite quelque chose ce soir avant de mourir d'inanition !

BORIS Tu t'enlaidis. Ton visage devient ordinaire.

ANDREA Je suis ordinaire.

BORIS Tu es ordinaire et dure.

ANDREA Mais fous le camp !

Il l'agrippe et tente violemment de la traîner vers la voiture. Elle résiste et le frappe.

Au bout d'un moment Boris plie les jambes et se recroqueville. Elle finit par se coller à lui en l'enveloppant.
Ils restent ainsi un moment en silence. Puis elle veut se relever…

BORIS Reste…

ANDREA Je suis moitié nue avec cette jupe… *(elle parvient à se relever)* Elle a raison ma fille… J'aime bien cette Yvonne. Je m'inquiète pour elle… Elle m'a dit que je devais profiter de mes jambes… Ça veut dire quoi ?… Les exposer ?… Je passe ma vie derrière un comptoir… Boris ?… Boris, tu trouves que mes jambes sont belles ? Je n'ai pas les genoux un peu adipeux ?…

BORIS Si.

ANDREA Peut-être que c'est la chance de ta vie cette catastrophe.

BORIS Ah oui ?…

Flottement.

ANDREA Je vais m'ennuyer sans toi... Je m'ennuierai un peu au début... Mais tu peux revenir me chercher quand tu seras un vrai paumé. Peut-être que tu me trouveras encore à t'attendre bêtement, peut-être que je me serai barbée avec les autres garçons...

BORIS Tu penses que je vais devenir un vrai paumé ?

ANDREA Non... Je ne pense pas.

BORIS Je vais m'en sortir ?...

Flottement.

ANDREA Qu'est-ce que ça peut me faire...

On entend des rires en provenance du restaurant... Apparaissent sur le parking Yvonne, Éric et Françoise, tous trois riant comme des fous.

FRANÇOISE *(on comprend mal ce qu'elle dit à travers le fou rire)* Tu m'as dit, creuse ! Creuse !...

ÉRIC *(idem)* Il fallait jardiner un peu !...

FRANÇOISE Vous êtes encore là ? ! Ils sont encore là !…

Dès qu'ils aperçoivent Boris et Andrea, leur hilarité redouble.

ÉRIC Vous êtes en panne ?

YVONNE *(contente de retrouver Andrea)* On a enterré le praliné dans la jardinière !…

ÉRIC Des morceaux ! Pas en entier !…

FRANÇOISE *(ils parlent les uns sur les autres)* Quand ils ont rapporté le praliné – ils l'avaient déjà apporté par erreur pendant le plateau de fruits de mer…

ÉRIC À leur décharge le tempo du dîner était difficile à suivre…

FRANÇOISE On n'avait plus faim du tout…

ÉRIC Ils l'avaient fait spécialement pour nous… j'ai dit aux filles, on ne peut pas ne pas en manger un peu…

FRANÇOISE Il ne voulait pas les vexer !

ÉRIC Elle a pris sa cuillère, et ploc ! dans la jardinière !…

YVONNE Il a dit, il se voit ! il se voit !…

FRANÇOISE Creuse !…

YVONNE Je ris trop, j'ai la tête qui tourne…

ÉRIC Assieds-toi, assieds-toi…

Ils assoient Yvonne sur le capot de la voiture de Boris.

YVONNE Je me fais du souci pour ce… cet arbuste…

FRANÇOISE L'azalée.

ÉRIC Je vais chercher la voiture si tu veux.

YVONNE Non, non, pas du tout. Je ne suis pas pressée.

FRANÇOISE Où on est nous ?

ÉRIC De l'autre côté. Je ne savais pas qu'on pouvait parquer ici.

YVONNE On a bien ri vous savez.

ANDREA Je viens de voir une étoile filante…

YVONNE Où ?… Où ?…

ANDREA Elle a disparu.

ÉRIC Un vœu, tout de suite !…

ANDREA Je l'ai fait.

ÉRIC Vous savez ce que c'est une étoile filante ? C'est une âme qui s'est échappée du purgatoire et qui cherche un corps pour se réincarner.

BORIS C'est une météorite.

FRANÇOISE On y va ? Il est tard…

YVONNE Pourquoi tard ? On s'amuse ! On ne doit pas s'occuper de ces choses. Moi, elles me fichent la trouille ces âmes errantes…

ÉRIC Allez hop, au lit !... Au lit tout le monde !

BORIS Il a raison.

Yvonne est toujours assise sur le capot, tandis que Boris ouvre sa portière...

ÉRIC Il va partir maman...

Il l'aide à descendre. Elle fait quelques pas sur le parking en serrant son sac...

YVONNE Il était bien cet anniversaire...

ÉRIC Il était formidable.

YVONNE Qu'est-ce que j'ai eu comme cadeau ?...

FRANÇOISE Tu as eu un peignoir. Et une nouvelle lampe de chevet.

YVONNE Ah...

FRANÇOISE Un joli peignoir moelleux, que tu as choisi.

YVONNE Oui…

ÉRIC Alors, au revoir… pour de bon peut-être ?…

FRANÇOISE On vous abandonne… Ça va ?

ANDREA Très bien.

FRANÇOISE Bon…

Ils disparaissent dans la nuit, là où ils étaient apparus. On les entend à nouveau rire au loin.

Silence.

ANDREA J'aurais dû lui demander pourquoi l'étoile polaire est en dessous de la Grande Ourse…

BORIS Tu aurais bénéficié d'un éclairage hautement scientifique…

Flottement.

BORIS C'était quoi le vœu ?

ANDREA Un vœu.

BORIS Qu'est-ce qu'on fait ?

ANDREA Je ne sais pas… On va marcher au bord de la mer ?

BORIS C'est loin…

ANDREA Tu vois.

BORIS Qu'est-ce que tu as fait de tes chaussures ?

ANDREA Elles sont dans mon sac… On part avec son petit barda pour conquérir le monde. On s'imagine que l'armée avance, mais on se fane sur place.

Un grand merci à Thomas Ostermeier, dont la chaleureuse sollicitation a fait que cette pièce existe.

Mise en page par Meta-systems
59100 Roubaix

Cet ouvrage a été achevé d'imprimer en janvier 2018
dans les ateliers de Normandie Roto Impression s.a.s.
61250 Lonrai
N° d'édition : L.01ELJN000703.A003
N° d'impression : 1800286
Dépôt légal : septembre 2015

Imprimé en France